LA TRIPULACIÓN MÁS IMPROBABLE

©: Miguel Santander, 2024.
©: Premium Editorial, 2024.
www.editorialpremium.es

Edición: Premium Editorial.
Diseño cubierta: Premium Editorial.
Imagen cubierta: Keith Tarrier, Shutterstock.

I.S.B.N.: 978-84-128114-4-5
Depósito Legal: SE-490-2024
Impreso en Andalucía (España).

LA TRIPULACIÓN MÁS IMPROBABLE

Mención Premio de Narrativa Apolo XI

MIGUEL SANTANDER

LA TRIPULACIÓN MÁS IMPROBABLE

(MENCIÓN PREMIO APOLO XI)

Miguel Santander

—¿Qué piensa al mirar esta imagen después de tanto tiempo?

La periodista volteó su tableta para que el anciano viera, una vez más, la fotografía de la vergüenza. La de la tripulación más improbable, como la llamaban algunos. Una estampa que no se dejaba ver mucho aquellos días. Antiamericana. Ofensiva.

Para la mayoría, al menos.

El anciano no respondió. Sus ojos tristes parecieron sumergirse en otra época, una en la que el mundo no era tan complicado, o donde, al menos una vez, no lo fue.

Una época que el anciano nunca había abandonado del todo.

* * *

Acodado en la terraza de observación de la plataforma de lanzamiento del N1F, a solas, el Diseñador Jefe contempla su última obra. La mole brilla bajo los focos, una torre de titanio y aluminio de más de cien metros de altura que se yergue hacia el cielo infinito. Casi parece como si buscara la Luna, como si ansiara atravesar ya esa hoz que resplandece en silencio, rodeada de la luz anaranjada que precede al amanecer.

Es en ocasiones así cuando le vienen a la mente las palabras de su madre que más huella hicieran en él:

—Todo está en los libros, Seriózha. Lo que es y lo que fue, pero también lo que pudo ser y no fue. El pasado y el presente, todos y cada uno de ellos, pero también el futuro. Recuérdalo siempre que acaricies el lomo de una novela, cada vez que aspires el aroma de sus páginas antes de zambullirte en el mundo que esconden. Todo está ahí, los sueños también. Sí, Seriózha. Nuestros sueños y aspiraciones están ahí. No solo los del pueblo soviético, sino los de todos los pueblos de la humanidad.

Su vista se posa en el complejo L3 situado en la parte superior del cohete, por encima de todas las etapas que arderán con el fuego de mil infiernos. Nada en su exterior permite adivinar la preciosa carga que se esconde bajo el fuselaje, que no es otra cosa que la materialización de un sueño muy antiguo: el de huellas humanas en el suelo lunar. Dos pequeños vehículos con los que sendos cosmonautas ejecutarán una compleja danza que, ensayada ya casi en su totalidad, aguarda ahora su estreno por todo lo alto.

Un observador no versado en esta disciplina se sorprendería al saber que el cohete y las casi tres mil toneladas de propelente que alberga existen única y exclusivamente para ser inmolados. Solo así conseguirán liberar las quince toneladas de la nave Soyuz-LOK y el alunizador LK de la atracción terrestre y las entregarán al suave abrazo de la Luna.

Casi tres mil toneladas. Para transportar quince.

Cada kilogramo de carga útil supone un desafío. Elevarlo requiere expulsar propelente en dirección contraria, propelente que también hay que elevar, para lo que hace falta aún más, que también pesa... Para el Diseñador Jefe, la ecuación que gobierna el movimiento de un cohete revela la única forma de escapar del pozo de gravedad en el que la naturaleza nos mantiene encadenados. Un sacrificio exponencial. Sí, cada kilogramo extra de carga conlleva meses en el tablero de diseño, pesadillas presupuestarias, quebraderos de cabeza, peleas entre los equipos implicados en los sistemas de alunizaje y de propulsión, innumerables pruebas y fracasos.

Su trabajo, extenuante en los últimos tiempos, es reconducir todo ese caos. Enfrentarse a él como se enfrentaría a un oso salvaje, dominarlo sin que el caos lo domine a él, conseguir que el esfuerzo combinado de miles de personas esté a la altura del sueño del pueblo soviético.

O a la de las expectativas del camarada Brézhnev, más bien. De llegar antes los americanos, el Secretario General cortaría la financiación para sus programas. No le cabe duda alguna de ello.

Alza la vista hacia el blanco resplandeciente de su destino y una imagen aparece en su retina, traída por su memoria. Es un instante nada más, su hija Natasha leyendo *De la Tierra a la Luna* —la edición con ilustraciones originales que le regaló por su undécimo cumpleaños—, y él parado en la puerta de su habitación, sonriendo, afirmando:

—En treinta años, el hombre caminará sobre la Luna.

Y la sonrisa de su Natashenka, indecisa entre la confianza de una niña en la palabra de su padre, y la incredulidad que la idea ha suscitado desde que el ser humano contempló el cielo por primera vez.

Hasta hoy.

Hace tan solo veintitrés años de aquello. Por supuesto, ni es el primero en perseguir este sueño, ni todo cuanto ha logrado es obra suya. Si ha llegado tan alto, ha sido por viajar a hombros de un gigante, uno, a su vez, impulsado por la imaginación de otro tan grande como él. Hace ya un siglo que Verne cambiara el rumbo de la historia al tomar una senda diferente: en lugar del «qué», había dedicado toda una novela a plantearse el «cómo». Su apuesta espoleó la imaginación de miles de niños que soñaron, y que aún sueñan, con la mayor hazaña que es posible acometer.

El camarada Tsiolkovski, padre de la ecuación del cohete y de la cosmonáutica, se hallaba entre esos niños. «Todo lo que una persona pueda imaginar, otras podrán hacerlo realidad», había dicho Verne. Y Tsiolkovski, agradecido, había lanzado a su vez un guante al aire con tres frases que suelen resonar en la cabeza del Diseñador Jefe:

«Primero, inevitablemente, la idea, la fantasía, el cuento de hadas. Luego, el cálculo científico. Al final, la realización que corona el sueño».

Fantasía. Cálculo. Realización.

El Diseñador Jefe recoge ahora el guante.

Es su turno.

Su médico le dice que se detenga, que si sigue trabajando a este ritmo lo pagará caro. Pero el tumor que le extirparon hace ya más de tres años no ha reaparecido, el riñón hace más o menos su trabajo y la arritmia no le ha dado ningún susto en lo que va de año.

Mira el cohete y se sabe, por fin, muy cerca.

Está nervioso. No por el lanzamiento, pues el N1F ya ha demostrado ser seguro y capaz en lanzamientos previos. Tampoco por la próxima misión, en la que tiene la mayor de las confianzas. Más bien, por la hilera de luces que ha visto acercarse por el rabillo del ojo, allá abajo en la carretera, y que solo puede significar una cosa: Brézhnev ya ha llegado.

El Diseñador Jefe se aparta de la barandilla y de su ensoñación, y endurece el rostro. Dada la naturaleza de lo que hacen allí, la del Secretario General es una visita extraprotocolaria, y con suerte, también fugaz. Los primeros rayos de sol tintinean en las medallas que el líder luce en su impecable uniforme. Tras salir del coche y dejar atrás su séquito de ayudantes, guardaespaldas y aduladores, Brézhnev toma el ascensor acompañado por el ministro de Maquinaria General.

Los tres hombres se encuentran arriba. Tras intercambiar saludos, Brézhnev se vuelve hacia el cohete. Sin apartar la vista de él, extrae una cajetilla de su bolsillo, la abre y le ofrece un puro, que el Diseñador Jefe se afana en rechazar.

—No, gracias. Solo fumo cuando lanzamos. Por los nervios.

—¡O sea que ahora está tranquilo! —contesta el otro con una risotada—. Me gusta. Eso no es muy común, ¿sabe?

Luego guillotina la cabeza del puro con un cortador tan lustroso como él, y se lo lleva a la boca para encenderlo.

—¿Está seguro? Son cubanos. Rara vez podrá catar algo así.

El Diseñador Jefe sacude la cabeza y el otro se encoge de hombros.

No le gusta el Secretario General. Es confianzudo y arrogante, luciendo siempre todas sus medallas y conduciendo coches de lujo como si escapara de la erupción de un volcán. Y ostentoso, sí, más allá de lo que a la austeridad del Diseñador Jefe le resulta aceptable. Dicen que también le pierden las mujeres, cierto, pero ahí acaban las similitudes entre ambos hombres. Y si es de su política de lo que se trata, entonces, reconoce que el aligerar la burocracia del OKB-1, su oficina de diseños, les ha ayudado a evitar retrasos. Pero eso no compensa la represión cultural que ha sido la tónica desde que ascendió al poder. El miedo a la disensión, los juicios a escritores, filósofos, humoristas. Las malas lenguas hablan, siempre en voz baja, de miles de prisioneros políticos hacinados en algún gulag.

Gulag. Una palabra que en absoluto le es ajena al Diseñador Jefe. Un riñón casi inservible y una mandíbula rota y desdentada así lo atestiguan.

—El caso es que quería felicitarlo, camarada Koroliov.

Por un momento, el Diseñador Jefe se sobresalta. No está acostumbrado a oír en voz alta el que es uno de los secretos mejor guardados de la Unión Soviética: su nombre. Poca gente lo conoce. Su mano derecha, Vasili Mishin, el jefe de cosmonautas Kamanin… y pocos más. Allí todos lo llaman «Diseñador Jefe». En los días en que está de buen humor, abriga la esperanza de que el mundo conozca su nombre tras su muerte. Pero esos son los menos. La verdad es que la mayoría del tiempo tiene la certeza de que desaparecerá sin dejar rastro.

Hace un leve gesto de agradecimiento.

—El acoplamiento en órbita lunar ha salido bien, sí. El sistema Kontakt funciona.

—No me refiero al acoplamiento, ¡gran idea, por cierto! —dice el Secretario General tras una profunda calada—, sino a la misión en general. A más que eso, en realidad. Que los americanos lanzaran su Apolo 10 solo dos días después, en una misión tan parecida, nos ha beneficiado en gran medida. El mundo entero ha asistido a una carrera alrededor de la Luna en riguroso directo. El comunismo corriendo delante, el capitalismo, sin resuello detrás. Los hemos humillado de nuevo.

El Diseñador Jefe no contesta. No le dice que el perfil de la misión, con una nave y un pequeño alunizador que se acoplen y desacoplen, es en realidad idea de los americanos. Decir algo así sería jugársela sin motivo.

La verdad es que hace ya muchos años que no le interesa la política. Si se afilió al partido tras conmutarse su pena por traición fue solo para poder seguir haciendo lo que hace. Él está ahí para poner un hombre en la Luna. Nada más. Y de todos modos, en el fondo no entiende por qué hay que competir con los americanos. El sueño de alcanzar las estrellas sería más sencillo si lo emprendiesen juntos. Como en las novelas de Verne. Pero eso es imposible, claro. En realidad, ni siquiera él es capaz de trabajar mano a mano con las oficinas de los otros diseñadores. Es como si en lugar de un programa espacial, la Unión Soviética tuviera varios. Hay demasiado ego, demasiadas rencillas y, en el caso de esa rata de Glushkó, demasiada traición.

—Estamos muy cerca de derrotar al capitalismo en su propio terreno. Y todo eso se lo debemos a usted: si no hubiese sido por esa idea suya de que lo del Sputnik podía hacerse, los americanos no se habrían sentido heridos en su orgullo ni habrían alardeado de acometer la hazaña lunar. Jamás se habrían lanzado de cabeza a una carrera espacial que están a punto de perder.

El Diseñador Jefe asiente, y Brézhnev, risueño, hace una pausa para apurar su cigarro. Al fondo, el ministro de Maquinaria General guarda silencio.

—De acuerdo a nuestros oídos en Washington —dice el Secretario General, de pronto sombrío—, lanzarán el Apolo 11 el 30 de julio. ¿Podemos batirlos?

Ninguna de las veces anteriores que le preguntaron si algo podía hacerse tragó saliva antes de contestar su lacónico «sí». No la tragó con el Sputnik, ni con Laika, ni con Gagarin o Tereshkova. Tampoco con el paseo espacial de Leónov o con la sonda que desveló la cara oculta de la Luna.

Esta vez, en cambio, sí.

—¿Cuándo? —insiste Brézhnev.

—La penúltima semana de julio. El 22.

Omite que podría, quizá, hacerse el 21. Si no fuera lunes. Demasiados accidentes, los lunes. Pero no se lo dice, pues eso le obligaría a explicar lo que para el Secretario General no sería más que una vulgar superstición. En el mejor de los casos, la extravagancia le granjearía su desprecio; en el peor, abocaría la misión a un más que probable desastre.

No. Brézhnev no lo entendería.

—Excelente.

Luego le estrecha la mano y le desliza un habano en el bolsillo de la chaqueta.

—Guárdelo para el lanzamiento —dice, y se vuelve hacia el ascensor—. Y ahora, si me disculpa, no le robaré más tiempo, yo tengo un Estado que dirigir, y usted una carrera que ganar.

* * *

—Este es un pequeño paso para un hombre, pero un gran salto para la humanidad.

El 21 de julio de 1969, seiscientos millones de personas asisten en directo al primer paseo del hombre sobre la Luna. La humanidad entera contiene la respiración, pendiente de los dos hombres que se desplazan por la superficie dando pequeños saltos de canguro. La calidad de la transmisión es muy pobre, pero basta para vislumbrar el módulo lunar estadounidense, al que llaman el Águila, y las fantasmales figuras de los astronautas. Aunque no es lo bastante nítida como para distinguir con claridad la bandera desplegada por los dos hombres, que bien podría ser la de cualquier país. La imaginación, sin embargo, rellena los huecos donde la tecnología aún no llega.

Desde luego, nadie se llama a engaño sobre la identidad de los primeros en llegar: el lanzamiento sorpresa de la misión Apolo 11 el día 16 ha supuesto un varapalo para los soviéticos, que contemplan la escena con impotencia, un día antes de lanzar su propia misión, la N1F-L3.

Tras plantar la bandera, los astronautas reciben a Nixon en riguroso directo, en una llamada propagandística preparada con sumo detalle por la administración.

—En este momento único en la historia del hombre —les dice el presidente de los Estados Unidos de América—, todos los pueblos de la Tierra son verdaderamente uno. Uno en su orgullo por lo que habéis hecho, y uno en sus oraciones para que regreséis a salvo a la Tierra.

Nixon se despide, y los dos hombres se disponen a recoger muestras y desplegar los diferentes experimentos que han llevado hasta allí.

Todo transcurre de acuerdo al plan de vuelo.

—Aquí Houston —se oye en un momento dado. El controlador de vuelo emplea el mismo tono rutinario que de costumbre, pero hay un deje de inquietud en su voz—. Neil, Buzz, tenemos indicios de una pérdida de presión en el tanque de combustible de la etapa de ascenso. ¿Podríais comprobar que se trata de un error instrumental?

—Entendido.

Una de las figuras se acerca al Águila y asciende unos peldaños de la escalerilla.

—Houston, confirmo una fuga de combustible. Puedo ver cómo se congela el gas al salir. Parece haber un agujero en el casco. Buzz, ¿puedes venir aquí?

La retransmisión se interrumpe de pronto.

En la Tierra, seiscientos millones de seres humanos permanecen perplejos frente a la oscuridad que llena de pronto sus pantallas.

* * *

Ocho largas horas después, el presidente Nixon vuelve a aparecer en el televisor del despacho del Diseñador Jefe en Baikonur, retransmitido por los informativos de todo el mundo.

Su gesto es grave, su voz, ronca.

—El destino ha ordenado que los hombres que fueron a la Luna para explorarla se queden en ella para descansar en paz —dice—. Estos valientes hombres, Neil Armstrong y Edwin Aldrin, comprenden que no hay esperanza de

14

que sean rescatados. Pero saben que hay esperanza para la humanidad en su sacrificio.

Para el Diseñador Jefe, el discurso no resulta una sorpresa. Lleva casi todo el día escuchando las transmisiones de los astronautas. No son ningún secreto: cualquiera con un radiotelescopio lo bastante grande podría oírlas. Y si, además de disponer de un extenso territorio, uno tiene aliados en Cuba, entonces los astronautas no podrán decir una sola palabra sin que él la oiga como si estuviese sentado junto al controlador de vuelo en Houston.

Sabe que un micrometeorito ha atravesado el revestimiento del Módulo Lunar y el tanque de aerozina 50 de la etapa de ascenso. Una desafortunada casualidad, de esas que resultan impensables en la Tierra gracias a su atmósfera protectora. De haber ocurrido aquí abajo, todo se habría quedado en una estrella fugaz y un deseo que formular.

Armstrong y Aldrin han logrado sellar la fuga con la ayuda de cinta americana, pero han perdido la mitad del combustible que contenía ese tanque. Lo que les queda no es suficiente para alcanzar la órbita en la que Collins los espera, a salvo en el Módulo de Comando.

Apolo 11 ha fracasado.

Esta mañana habló por teléfono con el Secretario General. La conversación fue muy breve. Que aproveche la oportunidad que aún tiene de ganar la carrera, le ha dicho sin disimular su satisfacción por el percance de los americanos. Y que «nuestra bandera se vea mejor que en su retransmisión».

Esas han sido las palabras del Líder. Aunque en realidad son otras las que el Diseñador Jefe no puede quitarse de la cabeza: «En este momento único en la historia del hombre, todos los pueblos de la Tierra son

15

verdaderamente uno». El caso es que, por muy antipático que le resulte el líder yanqui, estas palabras son las que encuentran más eco en su interior.

Ahora está inclinado sobre su escritorio, garabateando con urgencia sobre unos papeles. Y así continúa cuando Vasili Mishin, diseñador adjunto, lo encuentra en su despacho.

—¿Sabes qué hora es? —le dice—. Apenas quedan dieciséis horas para lanzar. El equipo te necesita en la sala de control para hacer las comprobaciones.

—Pueden encargarse solos —contesta el Diseñador Jefe—. Ven, ayúdame con esto. ¡Tiene que haber una manera!

—¿Qué estás haciendo?

—¿Cuántos kilos pesa la carga útil que el LK depositará en la superficie, Vasili?

Mishin repara en el televisor al fondo del despacho. Nixon aún sigue allí, moviendo los labios en silencio.

Entonces comprende.

—La ventana de lanzamiento se nos echa encima, Serguéi. Ellos mismos han renunciado. Y nosotros no tenemos tiempo para esto.

El Diseñador Jefe levanta la cabeza del papel.

—¿Para desatornillar cuatro cámaras y sacar los experimentos científicos y la bandera del LK? ¡Claro que sí! Dime, sin contar cosmonauta y soporte vital, ¿cuántos kilos llevamos a la superficie?

Mishin emite un suspiro.

—Veinte kilos —dice—. Veinticinco, quizás. ¿Por qué lo preguntas?

—Demasiada diferencia… —murmura su superior—. La etapa E gastará setenta u ochenta kilogramos más de propelente para alunizar… Tengo que compensarlo con el que ahorramos dejando allí las muestras lunares…

—Comienzas a preocuparme, camarada.

El Diseñador Jefe le exhorta a guardar silencio con un gesto apremiante. Luego suspira, se acerca a la pizarra, la borra de dos manotazos, agarra una tiza y escribe la ecuación que Tsiolkovski desarrollara como respuesta a Verne.

—Considéralo por un momento, Vasili. Si se deshacen de las rocas lunares y de todo el oxidante que ahora les sobra, su masa inicial es 1176 kilos más pequeña. —Su mano desata el caos sobre la pizarra al desarrollar la ecuación—. La delta-v que alcanzarían así, en el mejor de los casos, no llega a 1,3 kilómetros por segundo. Y necesitan 1,73 para reunirse con Collins. Quedarían atrapados en una órbita demasiado baja.

—Lo sé. Lo que no sé es adónde quieres ir a parar.

—Pues que he calculado que si tuvieran poco más de seiscientos kilogramos extra de propelente podrían lograrlo. No habría margen para el error, pero sería factible. ¡Solo seiscientos kilos más!

—Ya. Pero no los tienen.

—¿No te das cuenta, Vasili? El propelente es la mezcla del combustible, del cual no tienen suficiente, y el oxidante, que ahora les sobra. La reacción consume dos gramos de oxidante por cada gramo de combustible. ¡De aerozina solo necesitan una tercera parte!

—¿Y qué más da? Son historia. A estas alturas, Collins ya estará emprendiendo el regreso a casa.

—Eso no importa. Nuestra órbita de aparcamiento es la misma que la de ellos.

—¿Y?

—Pues que nosotros mismos les llevaremos el combustible.

Mishin lo mira, incrédulo. Luego rompe a reír.

—¿Aerozina a domicilio? ¿Te has vuelto loco, Serguéi? No podemos depositar doscientos kilos extra en la superficie si luego queremos despegar.

—Sí podemos. Si no nos traemos nada de vuelta, seguro que hay una manera.

—Esos hombres están muertos, camarada.

—No lo están mientras aún respiren.

—Cosa que no harán por mucho tiempo. Llevan dieciséis horas en el Módulo Lunar. Para cuándo Leónov alunizara el LK, lo único que podría salvar sería sus cadáveres.

—No necesariamente. Su soporte vital está pensado para mantener con vida a dos astronautas durante varias decenas de horas. Si sus sistemas son tan redundantes como los nuestros (y eso parece por el combustible de sobra que llevaban), durarán el doble con facilidad. Más aún, si se mueven poco y logran mantener la calma. Podemos llegar. Debemos considerarlo, al menos.

El diseñador adjunto pega un resoplido y cierra los ojos un instante. Luego se apoya en el escritorio, frente a la pizarra, y se cruza de brazos.

—De acuerdo —dice—, aceptaré por un momento tu experimento mental e ignoraré que mañana tenemos un lanzamiento del que depende nuestro presupuesto futuro. ¿Cómo lo harías?

—Podríamos fabricar en el laboratorio la aerozina que utilizan. No es más que hidrazina mezclada con la dimetilhidrazina asimétrica que usamos en los cohetes Protón. Doscientos kilos. Leónov podrá llevarlos sin problema: en la Luna pesarán poco más de treinta.

—Tendríamos que cambiar el lugar de alunizaje.

—Podríamos hacerlo. Sigue estando en el plano ecuatorial.

—Sí, pero para cuando Leónov llegara, el día lunar estará avanzado. Hará mucho calor.

—No estaría mucho tiempo. El suelo estará muy caliente, pero el aislante de las botas debería aguantar. Lo mismo que el sistema de climatización y las baterías.

—¿Y luego qué? Necesitarían oxígeno para el camino hasta la órbita.

—Sí. Y filtros de dióxido de carbono. Y alguna ración. Ah, y un nuevo plan de vuelo. En inglés.

Mishin echa cuentas en su cabeza.

—Eso añadiría unos diez kilos más —dice—. Vale. ¿Y luego qué?

—Armstrong y Aldrin se desharían de todo el peso extra. Las mochilas de soporte vital, las rocas lunares, todo. Su módulo lunar y el nuestro despegarían por separado y se reunirían en órbita con la Soyuz-LOK.

—¿Un encuentro a tres? Qué creativo —dice Mishin con ironía—. Te las has ingeniado para que esta ocurrencia tuya incluya algo que todavía no hemos probado.

El Diseñador Jefe se encoge de hombros.

—Qué puedo decir. No he dormido en toda la noche. Es cuando se me ocurren las mejores ideas.

—Sería muy peligroso, Serguéi.

—No, si lo hiciéramos en el orden adecuado. Primero se reúnen nuestras naves, mientras el Águila espera turno. Titov realiza el acoplamiento con el LK, Leónov pasea hasta la Soyuz, ambos hombres eyectan el LK. Solo entonces le tocaría al módulo lunar de los americanos.

—No podríamos acoplarlos. Nuestros sistemas de acoplamiento son tan incompatibles con los suyos como lo son nuestros sistemas políticos.

—No haría falta acoplarlos. Bastaría con enfrentar las escotillas de ambas naves…

—Y que los yanquis saltaran —completa Mishin—. De una nave a la otra. Esto mejora por momentos.

—Es lo único que se me ha ocurrido. Podríamos permitirnos los pocos kilogramos de un cable al que agarrarse.

—Quizá. Pero ahora tendríamos cuatro hombres a bordo de una nave que está diseñada para dos. El soporte vital de la Soyuz no daría para el viaje de vuelta. Y no habría sitio para los cuatro en el módulo de descenso.

El Diseñador Jefe se detiene en seco. Ha estado tan obsesionado con la carga útil de aerozina que aún no había trabajado el resto de eslabones de la improbable cadena de eventos que es la operación de rescate.

—Tienes razón, camarada —murmura tras derrumbarse en un sillón.

—Me temo que sí, Serguéi. Además, el peso de los cuatro sería excesivo.

«Sí que lo sería», piensa el Diseñador Jefe. Y entonces, cuando está a punto de desechar la idea y acompañar a Mishin a la sala de control para hacer las comprobaciones del vuelo, se le ocurre.

Se pone en pie tan de repente que se le nubla la vista por un instante.

—Tienes razón, Vasili. El peso de cuatro es excesivo. ¡Pero no el de tres!

—¿Cómo? ¿Pretendes salvar solo a uno de ellos? ¿Decirles que lo echen a suertes?

—¡No! No necesitamos dos tripulantes. Llevamos uno, traemos tres.

—¿Qué? ¿Un solo tripulante?

—Leónov solo puede hacerlo. Acoplarse con el LK, dejar la Soyuz aparcada en órbita… Casi todo es automático si asistimos desde Tierra.

El otro ingeniero no contesta.

—Sabes que tengo razón. Sería posible.

Mishin hace un aspaviento.

—Incluso aunque lo fuera —dice—, los americanos son bastante altos. ¿Cuanto pesarán entre los dos? ¿Ciento cuarenta, ciento cincuenta kilos?

—Si es necesario, podríamos dejar atrás el módulo orbital. Irían más apretados en el de descenso, pero es factible.

—Vale. ¿Y la reentrada?

—Haríamos una reentrada atmosférica doble para reducir la velocidad. Una piedra plana rebotando en la superficie de un lago. La aceleración no sería excesiva. E instalaríamos correajes para que el tercer hombre tuviera al menos una oportunidad.

Vasili Mishin no contesta. Se sume en un prolongado silencio, como si sopesase la idea en serio por primera vez. Al cabo, mira su reloj, se aproxima a la pizarra y la voltea.

—Así que todo se reduce a la carga que podemos llevar en el LK —dice, apremiante—. Descontados los 213 kilogramos del paquete a domicilio, solo nos queda el peso del cosmonauta. Tenemos que calcular el impacto que tendrá la masa extra en el propelente de la etapa D y en el de la E.

—Eso es.

El diseñador adjunto comienza a llenar la pizarra de números y ecuaciones. Su superior hace puntualizaciones aquí y allá. Ambos discurren mejor que uno solo, reforzándose y corrigiéndose el uno al otro hasta llegar a un resultado, que repasan una y otra vez en busca de algún error.

Un resultado que es de todo menos prometedor.

51 kilogramos. El cosmonauta no puede pesar más de eso. De lo contrario, no habría margen alguno para el error en las maniobras críticas de la misión. Casi un juego de ruleta rusa en el que el cosmonauta tuviera que apretar varias veces el gatillo.

—¿Cuánto pesa Leónov? —pregunta el Diseñador Jefe, temiéndose la respuesta.

—Sesenta y tres.

—¿Y Titov?

—Tres kilos más.

—¿Y la tripulación suplente?

—Ninguno pesa tan poco.

El Diseñador Jefe cierra los ojos y emite un largo suspiro. Luego agarra la lámpara de su escritorio y la estrella contra la pared.

—Llamaré a Kamanin —dice Mishin.

* * *

Suele considerarse que los recursos más importantes en el espacio son el oxígeno y el agua. Pero no es así. Los recursos más importantes para sobrevivir en el espacio son la voluntad de hacerlo, y el conocimiento.

Los dos hombres varados en la superficie lunar poseen todo el conocimiento que es posible tener en su situación. Y no piensan darse por vencidos. No todavía, a pesar de que a estas alturas los preparativos de su funeral ya habrán comenzado.

Tampoco se rinde el tercer miembro de su expedición. Michael Collins sigue orbitando el satélite tras sufrir un conveniente fallo en las comunicaciones con Houston, justo cuando le daban las instrucciones para la ignición del motor que dejará atrás a sus compañeros.

El Gobierno de Nixon no ha querido convertir su agonía en un entretenimiento mundial, por lo que ha cortado ya la comunicación con el Águila. Pudieron hablar por última vez con sus esposas, Janet y Joan. Conversaciones breves y encorsetadas, como las que tendría en su lugar cualquiera que se supiera escuchado por miles de personas.

Lo último que les dijo Houston antes de despedirse fue que Nixon maniobraba para adelantar Apolo 12 todo lo posible. Octubre. Septiembre, con suerte.

Demasiado tarde para ellos, claro.

Han probado de todo. Toda la noche. Han hecho un inventario de herramientas improvisadas, entre las que destaca un rotulador. No es gran cosa. Han estudiado cómo podrían aligerar el módulo de ascenso. Han trabajado codo a codo con Houston aportando ideas, revisando sistemas, haciendo cálculos. Por probar, han calculado incluso si uno solo de ellos podría regresar a casa.

Por suerte o por desgracia, no ha hecho falta pasar el mal trago de dilucidar quién de los dos se quedaría.

Nada ha funcionado. Con el material del que disponen, tal vez podrían desatornillar dos antenas de las que podrían prescindir. Pero ni aún así alcanzaría.

No han vuelto a salir a la superficie. Si lo hicieran, la descompresión ventilaría al exterior algo de oxígeno, su tercer recurso más valioso.

Tampoco recuerdan cuándo durmieron por última vez.

23

Solo saben que aún no es momento de tirar la toalla. Queda un último cartucho. Algo de lo que control no ha querido ni oír hablar. No van a poner también en riesgo a Collins. Ni siquiera han querido hacer los cálculos.

Ahora los están haciendo ellos. Tres hombres, tan alejados del resto de la humanidad como nunca nadie antes, buscando a la desesperada la manera de salvar a dos de ellos.

—Mike, ¿qué velocidad relativa te sale a ti?

Se trata de una locura. Se le ocurrió a Buzz. «Será como saltar a un tren en marcha», fueron sus palabras exactas.

Además del motor principal, el módulo de ascenso cuenta con unos pequeños motores para ajustes orbitales. Si los agotaran para darse un empujón extra, quizá podrían llegar a interceptar la órbita de Collins en algún punto, aunque fuese a velocidades distintas.

La cuestión es cómo de distintas. Si la velocidad relativa de ambas naves no es excesiva, será, en efecto, como saltar a un tren en marcha.

—Ochenta y cinco metros por segundo, Neil.

—Entendido. A nosotros nos sale lo mismo.

—Trescientos putos kilómetros por hora. Un tren demasiado rápido, Buzz.

—Sí.

—Mierda.

—Está bien, Mike. Al menos lo hemos intentado.

* * *

Tres hombres, en la Tierra, buscando la manera de salvar a otros dos que están abandonados a casi cuatrocientos mil kilómetros de casa.

El tiempo vuela.

Sentado en el sofá, el Diseñador Jefe examina la hoja que acaba de poner en su escritorio Nikolái Kamanin: el listado de los cosmonautas en activo que podrían estar en Baikonur en cuestión de unas pocas horas, junto con todos sus datos.

Sacude la cabeza.

—Aquí no hay nada útil.

El jefe de cosmonautas, de pie ante él, parece impaciente.

—Sí que lo hay. Dale la vuelta a la hoja.

Por detrás figura otro listado, el de cosmonautas retirados, junto con sus ocupaciones actuales, lugar de residencia y, más importante, peso actual. Kamanin se ha tomado la molestia de llamar a cada uno de ellos solo para preguntárselo.

El Diseñador Jefe examina la columna de pesos hasta dar con uno, el único que despierta un brillo en sus ojos y le hace permitirse, por primera vez en mucho tiempo, una sonrisa.

Cincuenta kilogramos.

—Moscú —dice—. Puede estar aquí en cinco horas. —Echa un vistazo al reloj con la cuenta atrás que domina una de las paredes—. Hay tiempo. ¿Aún tenemos su traje Krechet?

—Sí —contesta Kamanin.

Vasili Mishin se acerca al sofá y se inclina sobre la hoja. El rostro se le enciende cuando logra leer el nombre que hay escrito en ella.

—¿Es una puñetera broma? —dice, abriendo mucho los ojos—. ¡Está al borde de la inestabilidad psicológica!

—Eso no es cierto, Mishin —objeta Kamanin—. Además, se mantiene en buena forma. Continúa haciendo paracaidismo. Y representando a la perfección los ideales del pueblo soviético. Estoy seguro de que haría un buen papel, de llevarse a cabo este disparate que se os ha ocurrido.

El diseñador adjunto insiste, dirigiéndose ahora al jefe de cosmonautas.

—¡Carece de experiencia! Y si no recuerdo mal, tú tampoco estabas muy contento la última vez.

—Admito que cometió algunos errores, fruto, como ya dije en su momento, de no haber recibido el mismo entrenamiento que sus compañeros —replica Kamanin con toda tranquilidad—. Pero tiene a su favor la experiencia de haber volado al espacio. Hizo casi todo lo que le pedimos con diligencia y sin cansarse. ¡Demonios, estuvo más tiempo ahí arriba del que habían estado todos los americanos juntos!

—Vomitó.

—¿Y qué? Dos de cada tres vomitan la primera vez. Y fue capaz de orientar la cápsula Vostok. ¿O no?

—Esto no es una Vostok, Kamanin. No ha entrenado para esta misión. Para esta. ¿Cómo va a realizar el acoplamiento? ¿Cómo va a pilotar el LK durante el alunizaje?

—Ambos sabemos que lo haría mejor que tú y que yo, camarada Mishin —insiste Kamanin—. Además, el sistema de acoplamiento Kontakt es casi automático.

El Diseñador Jefe no puede evitar otra sonrisa. ¡Qué oyen sus oídos! ¿Kamanin hablando bien de Kontakt? El Jefe de Cosmonautas lleva años tratando de convencerle de que lo que necesitan es experiencia y entrenamiento, no sistemas automáticos e «innecesariamente pesados». «El acoplamiento de los americanos en su Gemini 8 habría acabado en desastre de no ser por la sangre fría y la pericia de ese Armstrong», suele recordarle Kamanin.

Pero Kontakt funciona. Es robusto y tan fácil de operar que hasta el campesino más humilde podría efectuar un acoplamiento con él. De algún modo, Kontakt le parece más digno de los ideales del pueblo soviético que el sistema manual de los americanos. Y es un gusto ver a Kamanin reconocerlo. Una pequeña victoria.

—Como lo es el sistema de alunizaje —interviene el Diseñador Jefe para sentar la discusión—. Casi automático.

Vasili Mishin pega un bufido, pero no contesta. Se acerca al aparador, coge la botella de Smirnoff que el Diseñador Jefe tiene ahí criando polvo, y se sirve un vaso.

Luego se sienta en el sillón frente a él, y vuelve a la carga, más sosegado.

—¿Lo estás considerando en serio, Serguéi? ¿Qué hay de los rumores de sus excesos con el alcohol?

—¡Por favor! —exclama el jefe de cosmonautas—. ¡Son falsos, siempre lo fueron! El único exceso que hubo entonces fue el orgullo herido de quienes difundieron semejante basura.

El diseñador adjunto ignora a Kamanin. Pone una mano sobre la rodilla del Diseñador Jefe y adopta un tono de honda preocupación.

—Tiene una hija, Serguéi.

Aquello toca una fibra muy honda en el interior del Diseñador Jefe. Algo que no había considerado, algo capaz de tirar por tierra el castillo en el aire que había levantado.

No puede pedirle eso.

Un hondo silencio se instala en el despacho y pesa sobre los tres hombres por un minuto. Es Kamanin quien lo rompe. Su tono al hacerlo es sereno pero desafiante.

—También Armstrong y Aldrin tienen hijos. ¿Qué diferencia hay?

El Diseñador Jefe abre la boca para responderle, pero a sus labios no acude argumento alguno. Porque no lo hay.

—De acuerdo —dice tras un largo suspiro—. Acércame el teléfono.

—Un momento —interrumpe entonces el Jefe de Cosmonautas—. Antes de que esta fantasía se realice, y desemboque ya sea en gloria o en desastre, he de preguntarte, Serguéi, ¿sabe Brézhnev algo de todo esto?

—No.

—Jamás lo aprobaría.

—Claro que no. Pero yo no pienso dejar a esos dos hombres a su suerte, existiendo una posibilidad de traerlos de vuelta.

—Me lo temía —dice Kamanin.

Luego, toma la hoja con los cosmonautas, la rompe en varios pedazos que guarda en su bolsillo, y se dirige hacia la puerta.

—Debes saber que no estoy dispuesto a aceptar la responsabilidad que sin duda se derivará de esto —dice antes de salir—. No te impediré hacerlo, pero no te ayudaré más de lo que ya lo he hecho. Mi informe dirá que manifesté enérgicamente mi disconformidad y que me la jugaste en el último momento, intercambiando la tripulación sin mi conocimiento.

—Gracias, Nikolái.

—Buenas noches, camaradas.

—¿Estás seguro de esto, Serguéi? —dice Mishin cuando ambos hombres se quedan a solas—. Te juegas mucho más que el puesto.

El puesto. Su puesto. Lo que espera conseguir Kamanin con esta jugada, y a lo que en el fondo también aspira su leal Mishin. Pero no le importa. No tienen por qué hundirse todos. No tienen por qué desaparecer sin dejar rastro.

Basta con que lo haga él.

Además, todo esto le ha alegrado el día. El Diseñador Jefe solo desea que el mundo sea un poco más como en las novelas de Verne. La aventura. La maravilla del descubrimiento y la exploración. La hermandad entre países. Y por un instante así le ha parecido que era.

—Que Brézhnev me mande a donde quiera —dice—. No será peor que lo que ya he pasado. De todos modos, mi tiempo ya ha terminado. Ahora es el suyo —añade haciendo un gesto hacia el teléfono.

Mishin le acerca el aparato.

* * *

A veces, ni siquiera el conocimiento o la voluntad bastan para asegurar la supervivencia.

La Luna los ha vencido.

No hay nada malo en reconocerlo. Tampoco hay lugar para el miedo o la desesperación. Y es que, siempre que se haya hecho todo lo posible para impedirla, la aceptación de la propia derrota aporta una suerte de serenidad.

Al menos, a las personas que, como ellos, se aventurarían a un lugar grandioso e inhóspito como este sin garantía alguna de retorno.

Han logrado convencer a Collins de que fingiera reparar la comunicación con Houston y reemprendiera el camino de vuelta a casa. Ahora, lo único que resta por decidirse es qué los matará antes, si la falta del oxígeno que necesitan, la acumulación del dióxido de carbono que exhalan, o el calor de un sol abrasador que el climatizador a duras penas puede mantener a raya, a costa de unas baterías que solo Dios sabe cuánto más durarán. Al final, ocurrirá lo que tenga que ocurrir. Pero mientras, hay datos que tomar, anotaciones que hacer. Puede que algo acabe resultando útil a una futura expedición.

Aunque no todo va a ser eso. También se permiten un tiempo de ocio. Gran parte de él, de hecho. No hay por qué dar aún el último paseo. La verdad es que, si se trata de morir, no se les ocurre un lugar mejor donde hacerlo.

—Nos falta el francés.

—¿Cómo dices, Neil?

—Que en la novela son dos estadounidenses y un francés. Un tal Michel Ardan, un aventurero que se presenta sin invitación y con idea de apuntarse al viaje. Nos falta el francés.

Buzz Aldrin abandona la ventana por la que contemplaba el asombroso paisaje de afuera, con ese suelo devastado bañado por el sol y ese cielo tan oscuro como la noche más negra, salpicado de miles de estrellas. Esa magnífica desolación. El astronauta maniobra en el pequeño habitáculo para erguirse hacia su compañero y repartir la ración de comida del día.

Armstrong está tumbado en su hamaca. Lee una edición diminuta de *De la Tierra a la Luna* cuyas páginas parecen papel de fumar.

—Ah, al final te aprobaron traerla —le dice Buzz.

—A Mike. Me la ha dejado él.

—Es muy bonita. Y está muy cuidada. ¿Es suya?

—Se la pasaron dos de los chicos de Apolo 8. Lovell y Borman. Y a ellos, según cuentan, se la regaló Von Braun en persona.

—¿En serio?

—Sí. Antes del lanzamiento. «Seréis los primeros en alejarse de la Tierra lo bastante como para abarcarla por completo con la mirada», dicen que les dijo, muy solemne. «Los primeros en ver el lado oculto de la Luna. Y los primeros en contemplar el amanecer de la Tierra sobre nuestro satélite. O más bien lo seríais, de no ser por Impey Barbicane, el Capitán Nicholl y Michel Ardan, que hicieron todo eso antes aún que vosotros». Y les entregó el libro.

Aldrin rompe a reír. Es la primera vez que cruza tantas palabras seguidas con Armstrong. Nunca han sido los mejores amigos, y tampoco es que el comandante sea la persona más habladora. Salvo ahora. Se pregunta si no será un efecto del dióxido de carbono al acumularse.

—Von Braun —dice—. No le hacía yo leyendo ciencia ficción.

—Ya ves. Esta novela al menos sí. Esta les gusta a todos. Una vez, en la ceremonia de recepción tras Gemini 8, me dijo que su mentor, Oberth, era capaz de recitarla de memoria.

—¿Tan bien está? ¿Debería leerla yo también?

—Sí.

—Quizá algún día lo haga.

* * *

—¡Vámonos!

Los motores del N1F desatan el infierno sobre la plataforma de lanzamiento. El monstruoso cohete se eleva, devorándose a sí mismo en su ascenso enloquecido, rumbo a otro mundo.

El Diseñador Jefe se encuentra a solas en su despacho. Habla por teléfono con su hija Natasha, a la que ha llamado para despedirse. No sale como espera, pues

31

se apodera de él la paranoia de estar siendo escuchado, se pone nervioso y no encuentra las palabras adecuadas, ni consigue transmitir nada más que vaguedades y lástima. Al colgar le viene a la mente la torpe despedida de Armstrong y Aldrin de sus esposas. Así debieron de sentirse, piensa.

Una vez que confirma que el complejo L3 está a salvo en órbita, el Diseñador Jefe se acuerda del habano que le regalara el Secretario General y decide calmar los nervios. La ocasión bien lo merece, se dice mientras lo saca del cajón de su escritorio, lo descabeza y lo enciende con parsimonia.

Luego, se sienta a esperar a que los hombres del Comisariado del Pueblo para Asuntos Internos vengan a detenerlo, mientras fuma en silencio con una sonrisa serena dibujada en el rostro.

Fantasía. Cálculo. Realización, se dice. Vámonos.

* * *

El día lunar avanza, merced a la estrella que brilla furibunda en un cielo nocturno. Colgada sobre el Módulo Lunar, una Tierra en fase menguante eclipsa ahora a las Pléyades. Las siete hermanas desaparecen de pronto, una tras otra, devoradas por la fina capa de atmósfera en la que se adivina un continente que los dos hombres no llegan a distinguir. Horas después las estrellas reaparecen por el otro lado, surgiendo de la negrura como por arte de magia.

El calor en el interior del habitáculo empieza a ser incómodo, e irá a más a medida que el sol ascienda en el firmamento.

Los filtros de dióxido de carbono comienzan a saturarse, haciendo que el gas se acumule poco a poco. Una muerte invisible y, sobre todo, muy paciente.

Lo primero que experimentaron los astronautas varados fue la somnolencia. Ahora, a veces, tienen que repetirse las cosas porque no las han oído bien, y notan el pulso algo acelerado. Lo que el futuro les depara, si es que no se impone antes el calor, es confusión, dolor de cabeza, sacudidas musculares... y por fin, la bendita inconsciencia que precederá a lo inevitable.

Pero siguen vivos. Planean su último paseo, hablan de la vida como no han hablado nunca antes, con un compañero de confesiones que en otras circunstancias no habrían elegido.

Y leen.

Ahora es el turno de Aldrin.

—¿Sabes? Hay algo que nunca he entendido de este libro —dice al poco de comenzar—. ¿Un cañón? ¿De verdad no se le ocurrió un medio mejor?

—¿Como un cohete, quieres decir? —Tumbado en su hamaca, Armstrong se encoge de hombros como si el otro pudiera verlo—. La cápsula usaba retrocohetes para frenar, así que sin duda los conocía.

—Entonces, ¿por qué disparar la cápsula con un cañón? Suena un poco ridículo, la verdad.

—¿Seguro? ¿Más aún que poner una cápsula minúscula en la punta de un cohete de cien metros de altura?

Los astronautas ríen a carcajadas hasta que algo nuevo ocurre, algo que los hace detenerse en seco y preguntarse si no estarán siendo presas de una alucinación causada por el dióxido de carbono.

Y es que hay una nueva voz con ellos, un canto de sirena que les llega por la radio. Apenas lo distinguen por encima de los crujidos de estática, pero jurarían que eso que oyen es alguien hablando en ruso, o más bien, mezclando ruso con palabras en un inglés terrible.

«Activen baliza», parece decir una y otra vez la transmisión. Y unos números que los hombres interpretan como una frecuencia.

* * *

Una vez agotado su propelente, la etapa D se desacopla del módulo lunar soviético y va a estrellarse contra la superficie en el más absoluto de los silencios. Ha cumplido con creces su función de frenar la caída del LK. Ahora, el minúsculo alunizador, que asemeja algún virus que hubiera estornudado la Tierra, debe reducir por sí solo los últimos quinientos kilómetros por hora. Es el turno de su motor, la etapa E, de emitir su sordo rugido, crujir, desgañitarse por el esfuerzo extra que debe hacer, uno calculado con precisión por el ingenio humano.

Sentada a los mandos en el interior, la figura enfundada en un traje espacial permanece tranquila. El único sonido que inunda la cabina es el pitido ocasional de la baliza de radio que le indica al sistema hacia dónde dirigirse. En cierto modo, se dice mientras los cráteres crecen y se distinguen más detalles del extraordinario paisaje, la operación recuerda un poco al paracaidismo. Asegurar visualmente el mejor lugar para posarse, realizar pequeñas correcciones y ajustes, tirar de esta o de aquella palanca, comunicar lecturas al control de misión, seguir sus instrucciones.

Y mirar el paisaje. ¡El paisaje! La Luna es, a su manera, tan hermosa como la Tierra.

La soledad ha sido de nuevo su compañera de viaje durante días. La vez anterior evitó que le hiciera mella escribiéndole cartas a su madre. Esta vez, es a su hija Yelena a quien se las ha escrito. Aunque aún no sepa leer.

Y lo cierto es que se ha acostumbrado a la soledad. Hasta el punto de que cree que podría hacer esto durante el resto de su vida. Ojalá pudiera.

La nave se posa en silencio en el Mar de la Tranquilidad, a menos de cien metros de su objetivo. Su tripulante mira el otro módulo lunar por la ventana y le viene a la mente lo que contestó cuando el Diseñador Jefe telefoneó con la petición más increíble.

Ir de inmediato a la Luna a salvar a dos americanos.

«Será un honor», fue su respuesta.

No hay frase para la posteridad cuando pone la primera huella. Tampoco hay fotos ni videos que registren este momento, ni los habrá jamás. Lo único que hay ahora en su pensamiento cuando se vuelve hacia el Águila estadounidense es algo mucho más tangible y acuciante:

«¿Y si he llegado demasiado tarde?».

* * *

El Águila es un horno. El Sol brilla inclemente sobre ellos por cuarto día consecutivo. El climatizador a duras penas mantiene el habitáculo a una temperatura tolerable. Aunque parece que no es eso lo que los matará, después de todo. Anoche, Armstrong tuvo varias sacudidas involuntarias de las piernas, y hoy ambos se han levantado con dolor de cabeza.

Ha habido mucha confusión en los últimos días, por el dióxido de carbono y el calor y la baliza y esa extraña voz en la radio. Pero no tanta como para no darse cuenta de que ha llegado la hora de dar el último paseo.

De modo que se ponen los trajes. La tarea de hacerlo, ya prolongada de por sí en buenas condiciones cognitivas, los ocupa durante horas. Buzz sugiere buscar algo para impedir que la escotilla se cierre, por si algún día viene alguien, que pueda entrar y llevarse a la Tierra las notas y apuntes que han tomado estos días.

En esas están cuando alguien llama a la puerta.

Es imposible, claro. Sin embargo, se trata de un sonido claro y apremiante, un golpeteo en la escotilla que resuena por toda la estructura de metal del Águila. No hay ninguna duda de ello.

Armstrong y Aldrin se miran y confirman en los ojos del otro que no han perdido la cabeza.

—Quizá sea el francés —dice Aldrin.

Pero cuando los hombres despresurizan el habitáculo y abren la escotilla, no es un aventurero francés lo que ven, sino una mujer enfundada en un traje espacial.

* * *

—¿Señor Armstrong?

El anciano parpadeó al escuchar su apellido.

—Le preguntaba que qué piensa al ver esta imagen.

El anciano suspiró. No le hacía falta mirar la fotografía para verla en su memoria. El módulo de descenso de la Soyuz-LOK, medio calcinado, en mitad de un páramo en el sur de Siberia, y tres figuras exhaustas que saludan desde la escotilla abierta: la suya, la de Buzz y la de Valentina.

La tripulación más improbable.

En realidad le gustaba la foto. Hasta tenía una copia en su casa de Cincinnati, que solo enseñaba a su círculo más íntimo. Era una vergüenza nacional, pero también la única de toda la misión en la que aparecía Valentina Tereshkova, la mujer gracias a la cual Buzz y él estaban vivos, y con la que mantenía desde entonces una profunda amistad.

Casi nunca concedía entrevistas. La mayoría venía a convertir la misión en un circo y a ellos en monos de feria. Algunos, aún peor, pretendían su confesión de que todo había sido un elaborado montaje y, astronautas y cosmonauta, actores. Como ese al que Buzz había partido la cara hacía poco. No había tenido más remedio. Menudo imbécil.

Y aquella periodista quería polémica. Eso buscaba. Así que no le diría nada acerca de lo mucho que le hubiera gustado conocer al enigmático Diseñador Jefe. La Unión Soviética había aprovechado la misión N1F-L3 como el golpe de efecto definitivo: aunaba victoria en la carrera y magnanimidad con el adversario caído. Valentina siempre defendió que aquella no había sido jamás la intención del ingeniero. Y Armstrong la creía. Sobre todo porque ella esperaba hallarlo a su regreso, risueño y aliviado, pero en cambio se encontró con que había desaparecido sin dejar rastro.

El mundo jamás supo de él.

Era injusto. El Diseñador Jefe había sido la mente detrás de todo lo que representaba aquella foto.

La tripulación más improbable.

No eran dos estadounidenses y un francés, pero se parecía lo suficiente.

—¿Que en qué pienso? —dijo Armstrong—. Pienso en Verne.

—¿Cómo dice?

—En Julio Verne.

Miguel Santander (Valladolid, 1979)

Es astrónomo dentro del Observatorio Astronómico Nacional. Tras su primera novela, *El legado de Prometeo* (Iniciativa Mercurio, 2012), ganó el Premio UPC de Novela Corta de Ciencia Ficción en 2012 con «La epopeya de los amantes» (UPC, 2014 y *Terra Nova 3*, Fantascy, 2014). Al año siguiente obtuvo el III Premio TerBi de Relato Temático por *La última huella* y publicó la antología *La costilla de Dios y otros relatos del final* (2013), que incluía la historia homónima finalista del XXI Certamen Alberto Magno de Ciencia Ficción. Sus relatos y artículos han sido publicados en diversas antologías como *Quasar, antología hard SF* y revistas como *Sci-Fdi* y *SuperSónic Magazine*.

La tripulación más improbable,
de Miguel Santander,
terminó de imprimirse el día
24 de mayo del año 2024.